U0061295

海水清潔劑：

# 怎樣使用此書

## 不同的心態，
## 不同的故事

孩子未必能常常懷有自信，相信自己。本書是內含兩個故事的雙情境繪本：在《耶！我知道能做得到！》故事中，小恐龍西奧想試些新事物。他遇到了不少困難，但屢敗屢試，最後終於成功。在《唉，我希望也能做得到……》故事中，西奧有同樣的願望，但當他面對挑戰時，卻選擇了放棄。

這本書教導孩子怎樣將負面心情轉變成為正面態度。這種保持樂觀的心態，孩子將會畢生受用。

正反心態雙故事系列

**耶！我知道能做得到！**

作　　　者：安娜斯塔西婭・加爾金納（Anastasiya Galkina）

繪　　　圖：葉卡捷琳娜・拉達特科（Ekaterina Ladatko）

翻　　　譯：張碧嘉

責任編輯：王一帆

美術設計：劉麗萍

出　　　版：新雅文化事業有限公司

　　　　　香港英皇道499號北角工業大廈18樓

　　　　　電話：（852）2138 7998

　　　　　傳真：（852）2597 4003

　　　　　網址：http://www.sunya.com.hk

　　　　　電郵：marketing@sunya.com.hk

發　　　行：香港聯合書刊物流有限公司

　　　　　香港荃灣德士古道220-248號荃灣工業中心16樓

　　　　　電話：（852）2150 2100

　　　　　傳真：（852）2407 3062

　　　　　電郵：info@suplogistics.com.hk

印　　　刷：中華商務彩色印刷有限公司

　　　　　香港新界大埔汀麗路36號

版　　　次：二〇二三年六月初版

ISBN: 978-962-08-8209-8

Original title: *I Know I Can Do It!*

First published in the United States of America by "Clever-Media-Group" LLC

Text copyright © 2023 by Anastasiya Galkina

Illustrations copyright © 2023 by Ekaterina Ladatko

The traditional Chinese translation rights arranged through Rightol Media（本書中文繁體版權經由

銳拓傳媒取得Email:copyright@rightol.com）

All right reserved.

正反心態
雙故事系列

# 耶！我知道
# 能做得到！

安娜斯塔西婭·加爾金納 著
葉卡捷琳娜·拉達特科 繪

新雅文化事業有限公司
www.sunya.com.hk

有一天，西奧在電視上看到一些小朋友在跳舞。
「我也想學習跳舞呢！」他興奮地說。

「西奧，如果你想上跳舞課，我幫你報名吧。」媽媽說。

於是，西奧參加了跳舞班。班上其他同學好像學習得都很投入，但西奧卻有點跟不上。

「噢，糟糕了！」

他一不小心，踢腳的動作太用力，鞋子從腳上飛脫，
打中了老師的頭！

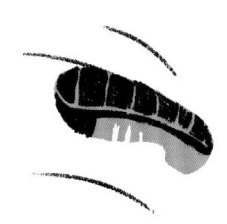

其他小朋友笑了起來，西奧卻尷尬得滿臉通紅。

「不用擔心，西奧！」舞蹈老師愉快地說，並把鞋子歸還給他。

「這隻舞的舞步有點難。我會再跳一次給大家看，這次動作也會放慢一點。」

老師再次示範了舞步，西奧提醒自己不要着急。他仔
細留意老師的動作，然後慢慢跟着她一步一步做……

……然後他成功了！

接下來，西奧每一堂課都有上。有時他會跳得很好，有時他也會不小心踩到自己的尾巴，跌倒在地上。

雖然跌倒的時候會感到尷尬，但西奧總是會站起來再嘗試。

一天晚上，老師宣布了一個特別活動：小朋友們會
表演給他們的家長看！

老師請每個小朋友輪流走上舞台，展示他們學到的舞步。

輪到西奧時，他非常緊張。他嘗試深呼吸，努力跳出老師課上教的舞步。

但他忘了某些舞步，便即興頂着他的角來轉圈！

表演結束後，老師叫大家來台前謝幕。
家長們大力拍掌，掌聲不斷！

回家路上，西奧說：「我跳得真糟糕啊，媽媽。我沒有跳對所有的舞步。」

「西奧，你做得很好啊！」媽媽說，「跳錯一些舞步也沒關係，你已經盡了力。而且，你還即興表演新動作，用角來旋轉呢！」

「那很好玩。」西奧微笑着告訴媽媽，「我很害怕要做那個動作，但很高興我有做到。」

「我也很高興你有做到呢。」媽媽擁抱着他說，「你盡力嘗試了，這是最重要的。」

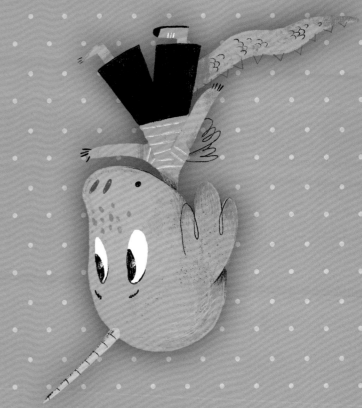

正反心態雙故事系列

## 唉！我希望也能做得到……

作　　者：安娜斯塔西婭・加爾金納（Anastasiya Galkina）
繪　　圖：葉卡捷琳娜・拉達特科（Ekaterina Ladatko）
翻　　譯：張碧嘉
責任編輯：王一帆
美術設計：劉麗萍
出　　版：新雅文化事業有限公司
　　　　　香港英皇道499號北角工業大廈18樓
　　　　　電話：（852）2138 7998
　　　　　傳真：（852）2597 4003
　　　　　網址：http://www.sunya.com.hk
　　　　　電郵：marketing@sunya.com.hk
發　　行：香港聯合書刊物流有限公司
　　　　　香港荃灣德士古道220-248號荃灣工業中心16樓
　　　　　電話：（852）2150 2100
　　　　　傳真：（852）2407 3062
　　　　　電郵：info@suplogistics.com.hk
印　　刷：中華商務彩色印刷有限公司
　　　　　香港新界大埔汀麗路36號
版　　次：二〇二三年六月初版

ISBN: 978-962-08-8209-8

Original title: *I Know I Can Do It!*
First published in the United States of America by "Clever-Media-Group" LLC
Text copyright © 2023 by Anastasiya Galkina
Illustrations copyright © 2023 by Ekaterina Ladatko
The traditional Chinese translation rights arranged through Rightol Media（本書中文繁體版權經由
銳拓傳媒取得Email:copyright@rightol.com）
All right reserved.

Traditional Chinese Edition © 2023 Sun Ya Publications(HK)Ltd.
18/F, North Point Industrial Building, 499 King's Road, Hong Kong
Published in Hong Kong SAR, China
Printed in China

正反心態
雙故事系列

# 唉，我希望也能做得到……

安娜斯塔西婭·加爾金納 著
葉卡捷琳娜·拉達特科 繪

新雅文化事業有限公司
www.sunya.com.hk

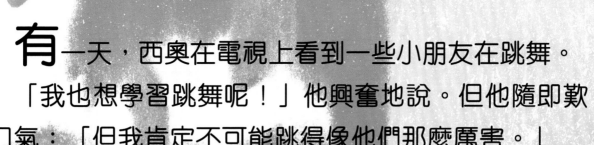

有一天，西奧在電視上看到一些小朋友在跳舞。
「我也想學習跳舞呢！」他興奮地說。但他隨即歎
了口氣：「但我肯定不可能跳得像他們那麼厲害。」

「只要肯嘗試，你什麼都能做得到的！」媽媽告訴西奧。

於是，西奧參加了跳舞班。班上其他同學好像學習得都很投入，但他卻有點跟不上。西奧一不小心，踢腳的動作太用力，鞋子從腳上飛脫，打中了老師的頭！

其他小朋友都笑了起來，於是西奧立刻逃離舞蹈室。

「噢，糟糕了！」

「每個人都在嘲笑我。」那天晚上，西奧難過地對
媽媽說，「我不想回去上課了。」

媽媽擁抱了西奧。
「可能你太用力了。」
媽媽安慰西奧，「不如下次
上課再嘗試一次吧？」

幾天後，又到了上跳舞課日子。
西奧進入課室，他以為大家會再次取笑他，但其實沒有人取笑他。

「嗨！西奧！」他們友好地說。
「嗨。」西奧害羞地回應。

這次，西奧仔細留意老師的動作，然後慢慢跟着她一步一步做……

不久後，他能正確地跳到所有舞步。

而且，他一直沒有曠課呢！

但某一天，他嘗試做一個有點難度的動作，卻不小心踩到自己的尾巴。他笨拙地跌倒在地上——當着全班同學的面！

於是，他立刻站起來，一言不發，怒氣沖沖地走出舞蹈室。

「媽媽，真不公平！」西奧埋怨說，「其他小朋友跳舞都不會出錯，只有我總是出錯。」

「你不用掛心其他人做得怎麼樣。」媽媽對西奧說，「專注在自己身上，然後盡力而為。這樣你就可以做得到！」

過了幾天，老師宣布了一個特別的活動。

小朋友們會表演舞步給他們的家長看！

老師請每個小朋友輪流走上舞台，展示他們學到的舞步。但到西奧的時候，他卻留在原地。

「來吧，西奧。」西奧的朋友馬克說，「輪到你了。」
「我不要。」西奧搖着頭說。

「我跳得不夠好。」

「你跳得很好啊！」馬克說。
但西奧不肯出來表演。

於是，當其他小朋友輪流展示他們在跳舞課中學到的舞步時，西奧卻坐在一旁生悶氣。

「真的很悶啊！」他傷心地說，「早知道就試着在大家面前跳舞了。」

翻轉本書，
轉變心態，就是
另一個故事